Disney Junior

MARVEL

SPIDEY and his AMAZING FRIENDS

CALIGRAFIA PARA HERÓIS

BICHO ESPERTO

EXPEDIENTE

Editor **Eduardo Starke**
Textos **Eduardo Starke**
Revisão **Patrícia Harumi**
Ilustrações **Vanessa Alexandre**
Páginas 5, 7, 9, 11, 13, 21, 23, 25, 27, 29, 31 e 32
Projeto gráfico **Leonel Luiz**

EDITORA RIDEEL
BICHO ESPERTO

Av. Casa Verde, 455 – Casa Verde
CEP 02519-000 – São Paulo – SP
e-mail: sac@rideel.com.br
www.editorarideel.com.br

Disney Junior

MARVEL

SPIDEY and his AMAZING FRIENDS

CALIGRAFIA PARA HERÓIS

VOGAIS

A a

TRACE SOBRE AS LETRAS PONTILHADAS E TENTE ESCREVÊ-LAS NOS QUADROS EM BRANCO.

A	A	A	A
A			
a	a	a	a
a			

CIRCULE TODAS AS LETRAS A QUE ENCONTRAR.

e a i o e A u o i e o i

u e A i u e a i A u A e

ATIVIDADE

CIRCULE OS 3 DESENHOS CUJO NOME INICIAM COM A LETRA A.

ABACAXI

PIPOCA

APITO

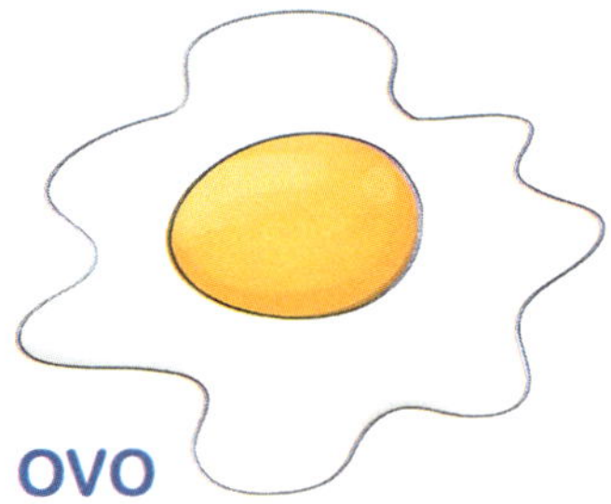
OVO

ARARA

GATO

BOLA

UVA

DADO

ESCREVA AS LETRAS QUE FALTAM PARA COMPLETAR AS PALAVRAS ABAIXO.

ARARA   ABACAXI   APITO

E e

TRACE SOBRE AS LETRAS PONTILHADAS E TENTE ESCREVÊ-LAS NOS QUADROS EM BRANCO.

CIRCULE TODAS AS LETRAS E QUE ENCONTRAR.

E a i o e a u o i E o i

u E a i u e a i a u a e

ATIVIDADE

CIRCULE OS 3 DESENHOS CUJO NOME INICIAM COM A LETRA E.

ABACAXI

ELEFANTE

APITO

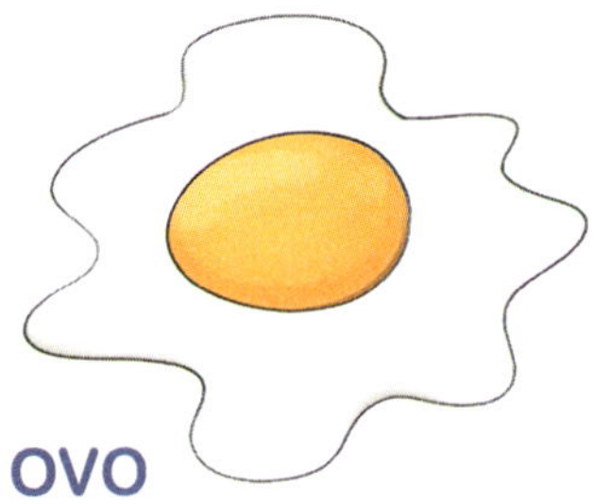

OVO

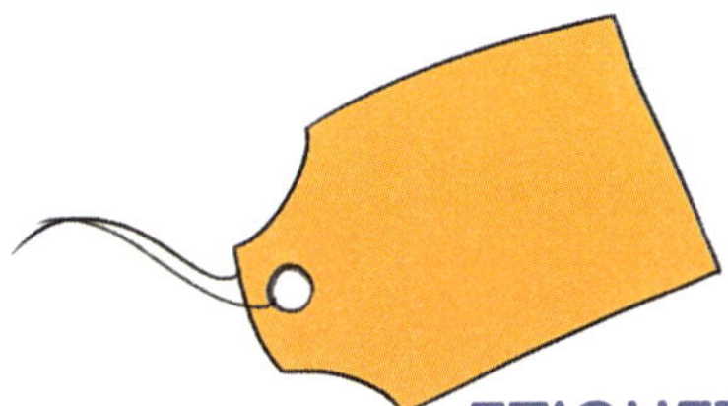

ETIQUETA

EMA

GATO

UVA

DADO

ESCREVA AS LETRAS QUE FALTAM PARA COMPLETAR AS PALAVRAS ABAIXO.

L FANT TIQU TA MA

I i

TRACE SOBRE AS LETRAS PONTILHADAS E TENTE ESCREVÊ-LAS NOS QUADROS EM BRANCO.

I

i

CIRCULE TODAS AS LETRAS I QUE ENCONTRAR.

e a I o e a u o i e o i

u e a i u e a I a u a e

ATIVIDADE

CIRCULE OS 3 DESENHOS CUJO NOME INICIAM COM A LETRA I.

BONECA

UVA

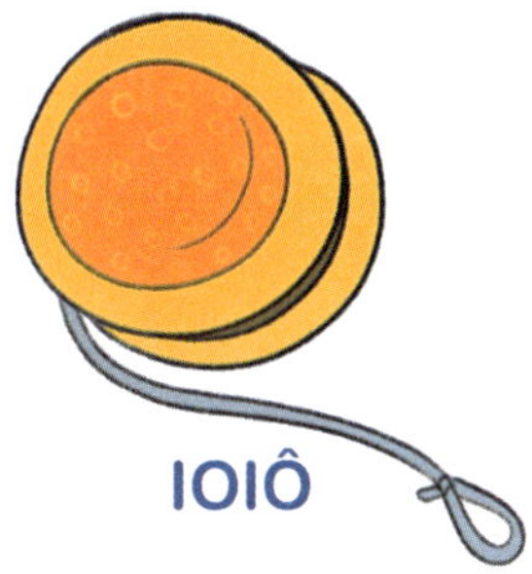
IOIÔ

MARTELO

OVO

IGUANA

PIRULITO

ABACAXI

ILHA

ESCREVA AS LETRAS QUE FALTAM PARA COMPLETAR AS PALAVRAS ABAIXO.

_GUANA   _O_Ô   _LHA

O o

TRACE SOBRE AS LETRAS PONTILHADAS E TENTE ESCREVÊ-LAS NOS QUADROS EM BRANCO.

CIRCULE TODAS AS LETRAS O QUE ENCONTRAR.

e a i O e a u o i e o i

u o a i u e O i a u a e

ATIVIDADE

CIRCULE OS 3 DESENHOS CUJO NOME INICIAM COM A LETRA O.

ELEFANTE

APITO

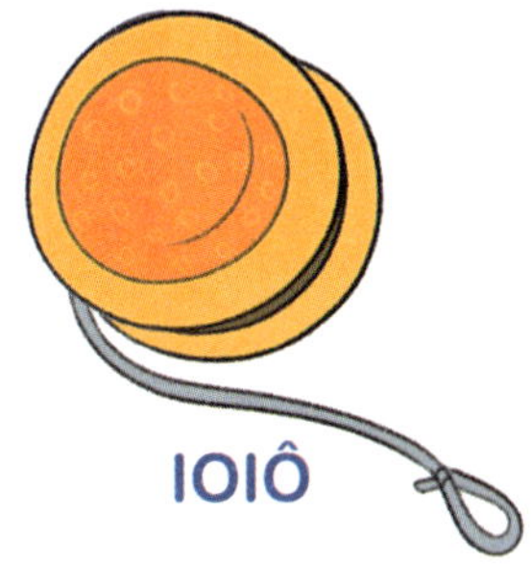

IOIÔ

OVO

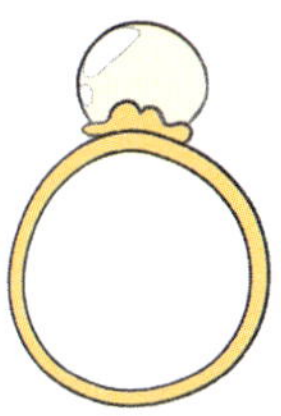

ANEL

UVA

IGUANA

OVELHA

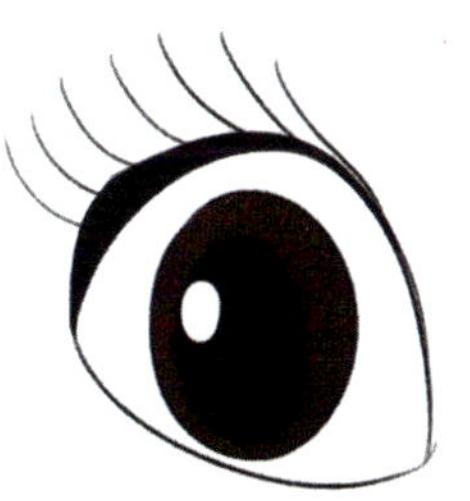

OLHO

ESCREVA AS LETRAS QUE FALTAM PARA COMPLETAR AS PALAVRAS ABAIXO.

VELHA LH V

U u

TRACE SOBRE AS LETRAS PONTILHADAS E TENTE ESCREVÊ-LAS NOS QUADROS EM BRANCO.

CIRCULE TODAS AS LETRAS U QUE ENCONTRAR.

e a u o e a U o i e o i

U o a i u e o i a u a e

ATIVIDADE

CIRCULE OS 3 DESENHOS CUJO NOME INICIAM COM A LETRA U.

ABACAXI

UNICÓRNIO

APITO

OVO

URUBU

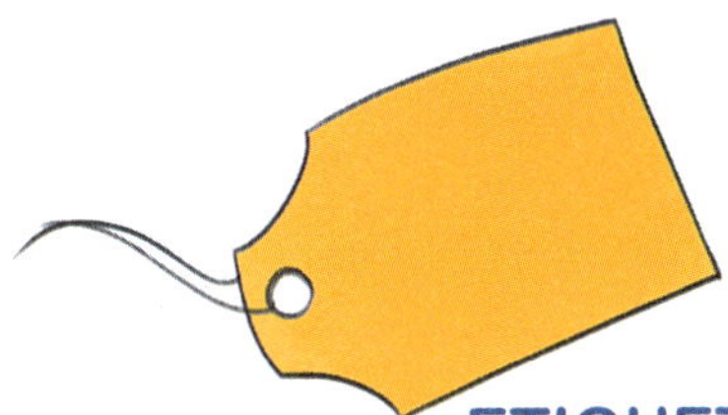

ETIQUETA

EMA

UVA

DADO

ESCREVA AS LETRAS QUE FALTAM PARA COMPLETAR AS PALAVRAS ABAIXO.

___ R ___ B ___ ___ NICÓRNIO ___ VA

ATIVIDADE

PINTE APENAS AS VOGAIS E ESCREVA-AS NA LINHA ABAIXO.

T D F I H

Z E K J S

C L X H P O

N B Q

A F U

B M

A E I O U

RESPOSTA: A, E, I, O, U.

ATIVIDADE

TRACE SOBRE O PONTILHADO E FORME O ALFABETO MAIÚSCULO. DEPOIS, COM O LÁPIS DE COR, CIRCULE AS VOGAIS E PINTE O DESENHO.

A B C D E F

G H I J K L

M N O P Q R S

T U V W X Y Z

ATIVIDADE

NA ORDEM CERTA, ESCREVA AS LETRAS DO ALFABETO QUE FALTAM. DEPOIS, PINTE O DESENHO.

◌ B C D ◌ F

G H ◌ J K L

M N ◌ P Q R S

T ◌ V W X Y Z

A B C D E F G H I J K L M N O P Q R S T U V X W Y Z

Disney Junior

MARVEL

SPIDEY and his AMAZING FRIENDS

ALFABETO

CALIGRAFIA PARA HERÓIS

ALFABETO

PINTE AS LETRAS DO ALFABETO. DEPOIS, PINTE OS HERÓIS.

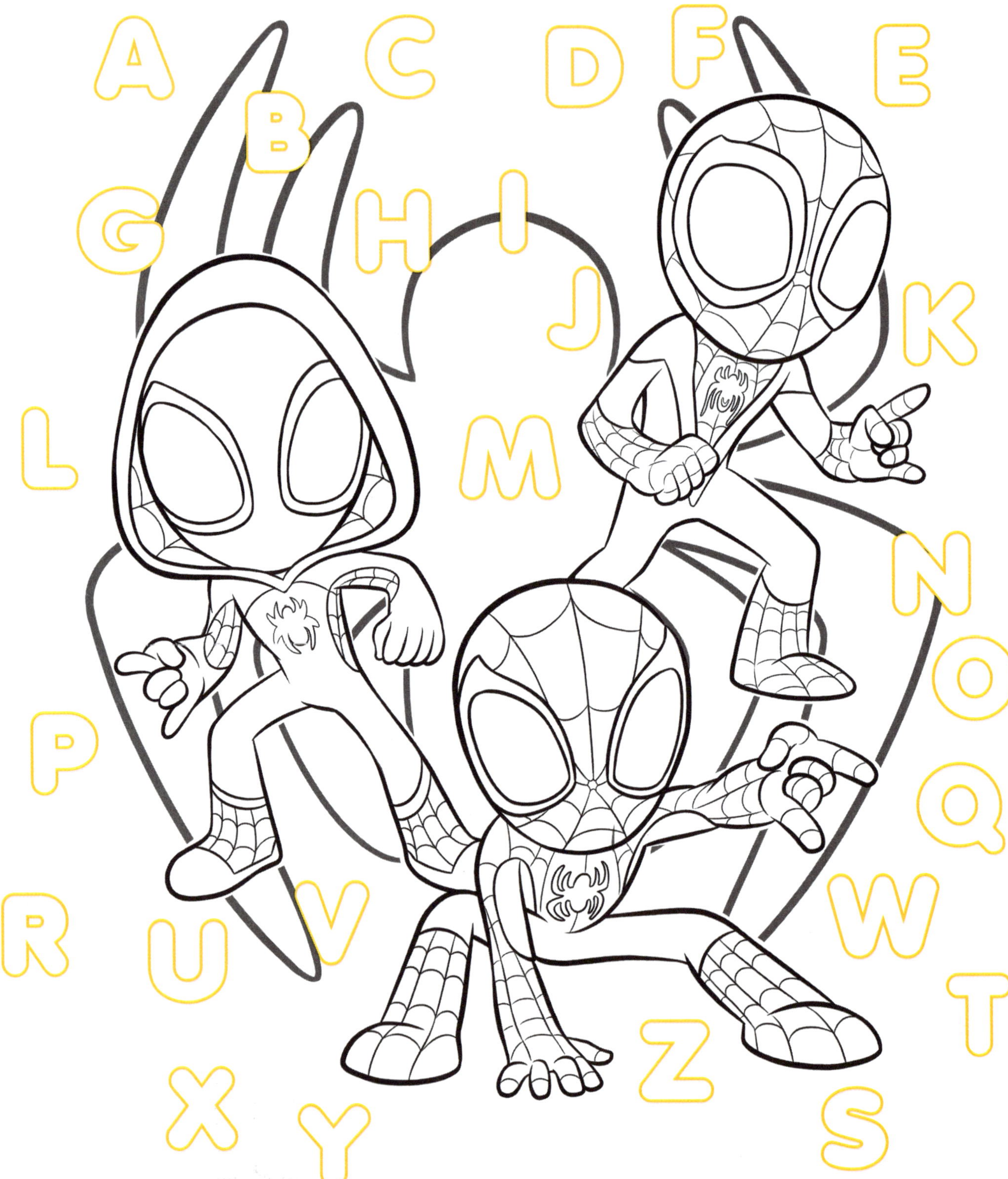

ALFABETO

PINTE AS LETRAS MAIÚSCULAS DE VERMELHO E AS LETRAS MINÚSCULAS DE AZUL.

A B C D E F G H I

J K L M N O P Q

R S T U V W X Y Z

a b c d e f g h i

j k l m n o p q

r s t u v w x y z

ESCREVA AS LETRAS DO ALFABETO

TRACE SOBRE AS LETRAS PONTILHADAS E TENTE ESCREVÊ-LAS NOS QUADROS EM BRANCO.

A	A	A	
B	B	B	
C	C	C	
D	D	D	

PROCURE E CIRCULE AS LETRAS A, B, C E D NO QUADRO ABAIXO.

z T C d o S g H u J K L P N

E m Q r F b i V w X y A

ATIVIDADE

CIRCULE O DESENHO QUE INICIA COM A LETRA:

A AZUL B AMARELO C VERDE D VERMELHO

DADO

UVA

RATO

PIPOCA

CACHORRO

BALEIA

GATO

ABACAXI

TRACE SOBRE AS LETRAS E DEPOIS ESCREVA-AS NA LINHA DE BAIXO.

A B C D

ESCREVA AS LETRAS DO ALFABETO

TRACE SOBRE AS LETRAS PONTILHADAS E TENTE ESCREVÊ-LAS NOS QUADROS EM BRANCO.

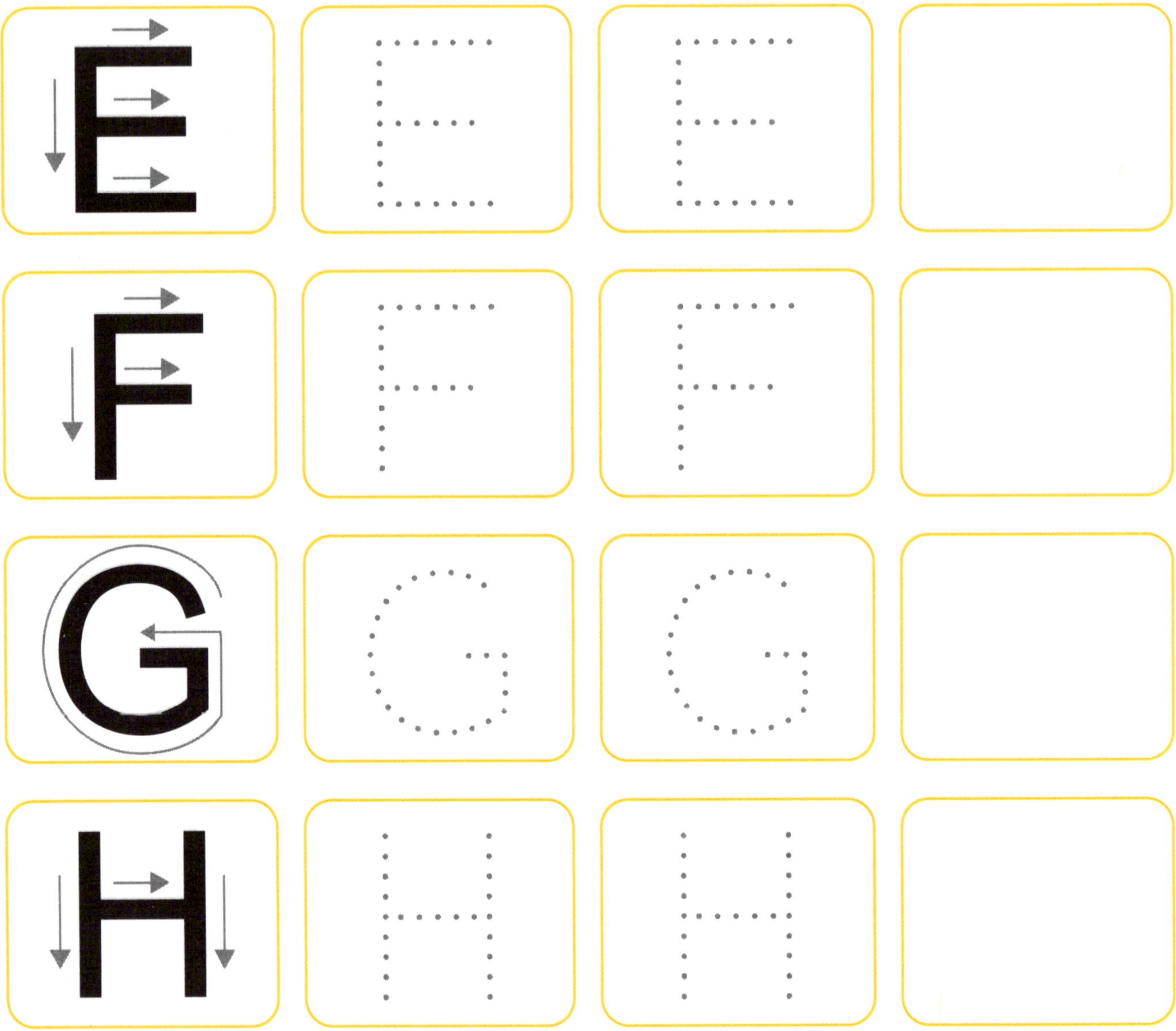

PROCURE E CIRCULE AS LETRAS E, F, G E H NO QUADRO ABAIXO.

z T C d o S g H u J K L P N

E m Q r F b i V w X y A

ATIVIDADE

CIRCULE O DESENHO QUE INICIA COM A LETRA:

E AZUL F AMARELO G VERDE H VERMELHO

MEIA

FOGO

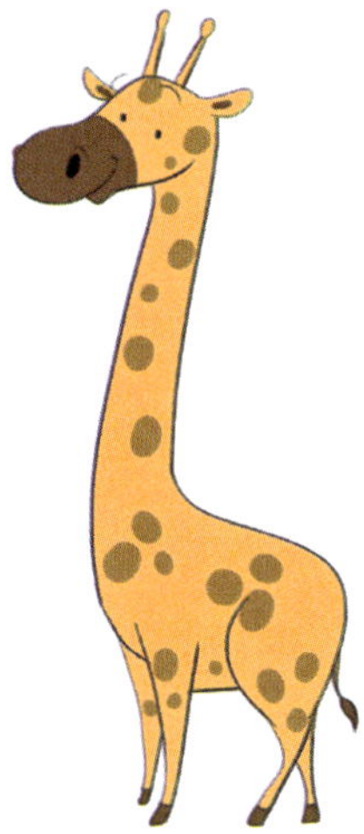

GIRAFA

HELICÓPTERO

LATA

ABELHA

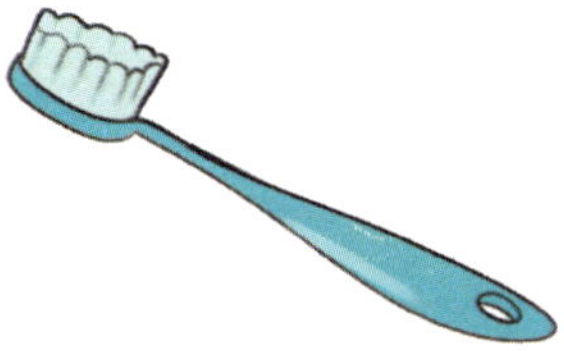

ESCOVA

TUCANO

TRACE SOBRE AS LETRAS E DEPOIS ESCREVA-AS NA LINHA DE BAIXO.

E E E F F F G G G H H H

E F G H

ESCREVA AS LETRAS DO ALFABETO

TRACE SOBRE AS LETRAS PONTILHADAS E TENTE ESCREVÊ-LAS NOS QUADROS EM BRANCO.

I	I	I	
J	J	J	
K	K	K	
L	L	L	

PROCURE E CIRCULE AS LETRAS I, J, K E L NO QUADRO ABAIXO.

z T C d o S g H u J K L P N

E m Q r F b i V w X y A

ATIVIDADE

CIRCULE O DESENHO QUE INICIA COM A LETRA:

I AZUL J AMARELO K VERDE L VERMELHO

RATO

GATO

KIWI

UVA

LIVRO

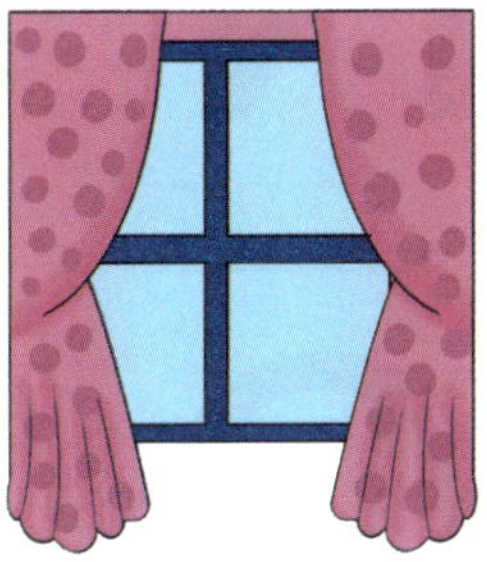

JANELA

IGUANA

PIPOCA

TRACE SOBRE AS LETRAS E DEPOIS ESCREVA-AS NA LINHA DE BAIXO.

I I I J J J K K K L L L

I J K L

ESCREVA AS LETRAS DO ALFABETO

TRACE SOBRE AS LETRAS PONTILHADAS E TENTE ESCREVÊ-LAS NOS QUADROS EM BRANCO.

M	M	M	
N	N	N	
O	O	O	
P	P	P	

PROCURE E CIRCULE AS LETRAS M, N, O E P NO QUADRO ABAIXO.

z T C d o S g H u J K L P N

E m Q r F b i V w X y A

ATIVIDADE

CIRCULE O DESENHO QUE INICIA COM A LETRA:

M AZUL N AMARELO O VERDE P VERMELHO

ABELHA

NAVIO

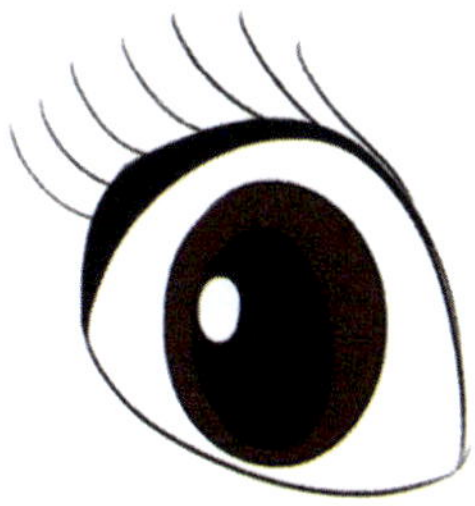

OLHO

FOCA

POLVO

MARTELO

BONÉ

GALINHA

TRACE SOBRE AS LETRAS E DEPOIS ESCREVA-AS NA LINHA DE BAIXO.

M M M N N N O O O P P P

M N O P

ESCREVA AS LETRAS DO ALFABETO

TRACE SOBRE AS LETRAS PONTILHADAS E TENTE ESCREVÊ-LAS NOS QUADROS EM BRANCO.

Q	Q	Q	
R	R	R	
S	S	S	
T	T	T	

PROCURE E CIRCULE AS LETRAS Q, R, S E T NO QUADRO ABAIXO.

z T C d o S g H u J K L P N

E m Q r F b i V w X y A

ATIVIDADE

CIRCULE O DESENHO QUE INICIA COM A LETRA:

Q AZUL R AMARELO S VERDE T VERMELHO

RATO

TOMATE

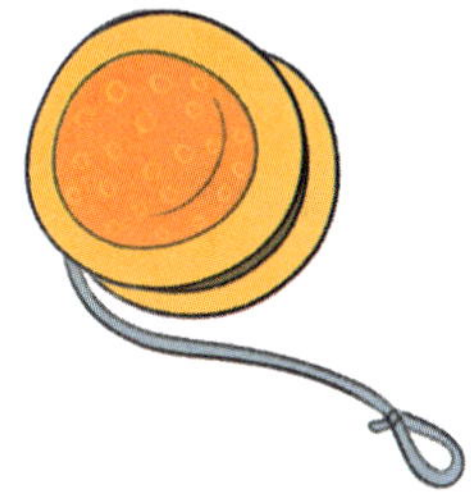

IOIÔ

SUCO

BANANA

LEÃO

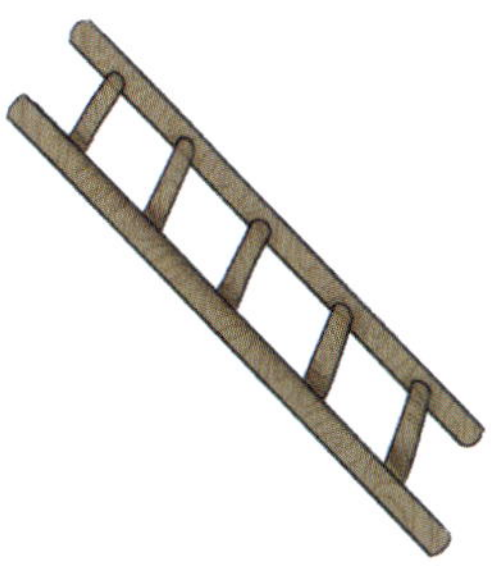

ESCADA

QUEIJO

TRACE SOBRE AS LETRAS E DEPOIS ESCREVA-AS NA LINHA DE BAIXO.

Q Q Q R R R S S S T T T

Q R S T

ESCREVA AS LETRAS DO ALFABETO

TRACE SOBRE AS LETRAS PONTILHADAS E TENTE ESCREVÊ-LAS NOS QUADROS EM BRANCO.

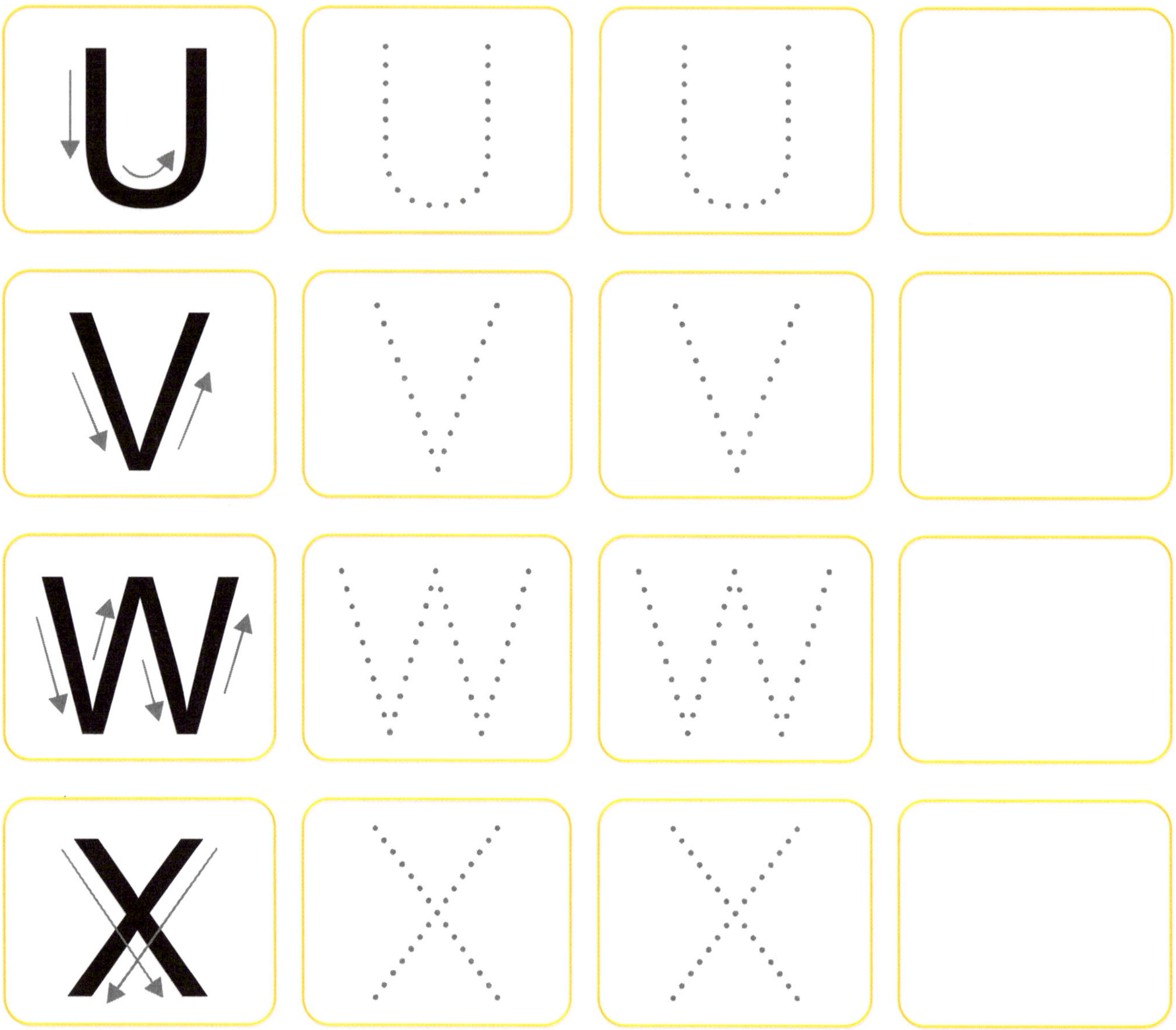

PROCURE E CIRCULE AS LETRAS U, V, W E X NO QUADRO ABAIXO.

z T C d o S g H u J K L P N

E m Q r F b i V w X y A

ATIVIDADE

CIRCULE O DESENHO QUE INICIA COM A LETRA:

U AZUL **V** AMARELO **W** VERDE **X** VERMELHO

VACA

MACACO

XADREZ

GATO

URSO

LIVRO

WEBCAM

BAILARINA

TRACE SOBRE AS LETRAS E DEPOIS ESCREVA-AS NA LINHA DE BAIXO.

U U U V V V W W W X X X

U V W X

ESCREVA AS LETRAS DO ALFABETO

TRACE SOBRE AS LETRAS PONTILHADAS E TENTE ESCREVÊ-LAS NOS QUADROS EM BRANCO.

Y	Y	Y	
Z	Z	Z	

ATIVIDADE

CIRCULE O DESENHO QUE INICIA COM A LETRA:

Y AZUL Z AMARELO

YAKISOBA

ZEBRA

CARRO

TRACE SOBRE AS LETRAS E DEPOIS ESCREVA-AS NA LINHA DE BAIXO.

Y Y Y Y Y Y Z Z Z Z Z Z

Y Y Z Z

Disney Junior

MARVEL

Spidey and his Amazing Friends

Caligrafia para Heróis

Palavras

HERÓIS E VILÕES

PRATIQUE A ESCRITA DAS PALAVRAS ABAIXO.

ARANHA AMIZADE

TEIA HERÓI

EQUIPE DOUTORA OCK

RINO DUENDE

MILES TRACE-E

PETER GWEN

ENCONTRE AS PALAVRAS

AJUDE A EQUIPE ARANHA A ENCONTRAR AS PALAVRAS ABAIXO.

ARANHA – AMIZADE – TEIA – HERÓI – EQUIPE - VILÃO

A	R	A	N	H	A	T	A	T
A	R	A	N	H	M	I	P	E
W	E	D	F	Y	I	A	T	A
B	T	E	A	R	Z	M	E	M
S	R	O	N	E	A	A	M	G
S	A	M	T	T	D	Y	G	E
P	T	A	A	E	E	A	W	N
H	E	R	O	I	W	E	B	S
R	I	I	M	D	T	R	E	C
E	A	L	A	P	A	N	T	M
M	W	E	Q	U	I	P	E	R
H	O	S	H	O	D	Z	W	A
A	N	U	G	V	I	L	A	O

RESPOSTA:

A	R	A	N	H	A	T	A	T
A	R	A	N	H	M	I	P	E
W	E	D	F	Y	I	A	T	A
B	T	E	A	R	Z	M	E	M
S	R	O	N	E	A	A	M	G
S	A	M	T	T	D	Y	G	E
P	T	A	A	E	E	A	W	N
H	E	R	O	I	W	E	B	S
R	I	I	M	D	T	R	E	C
E	A	L	A	P	A	N	T	M
M	W	E	Q	U	I	P	E	R
H	O	S	H	O	D	Z	W	A
A	N	U	G	V	I	L	A	O

ANIMAIS

PRATIQUE A ESCRITA DAS PALAVRAS ABAIXO.

MACACO URSO

CACHORRO ZEBRA

GATO JACARÉ

ELEFANTE BALEIA

LEÃO PEIXE

TIGRE TARTARUGA

VAMOS COLORIR?

PINTE O ANIMAL QUE APARECE NA CENA E ESCREVA O NOME DELE.

MATERIAL ESCOLAR

PRATIQUE A ESCRITA DAS PALAVRAS ABAIXO.

CANETA

CADERNO

COLA

TESOURA

BORRACHA

LANCHEIRA

ESTOJO

PAPEL

RÉGUA

MOCHILA

LÁPIS

APONTADOR

VAMOS COLORIR?

PINTE O DESENHO ABAIXO E A PEÇA QUE COMPLETA A CENA. DEPOIS, ESCREVA A PALAVRA DO OBJETO DA LISTA DE MATERIAL ESCOLAR QUE É MUITO IMPORTANTE PARA A APRENDIZAGEM.

A

B

C

D

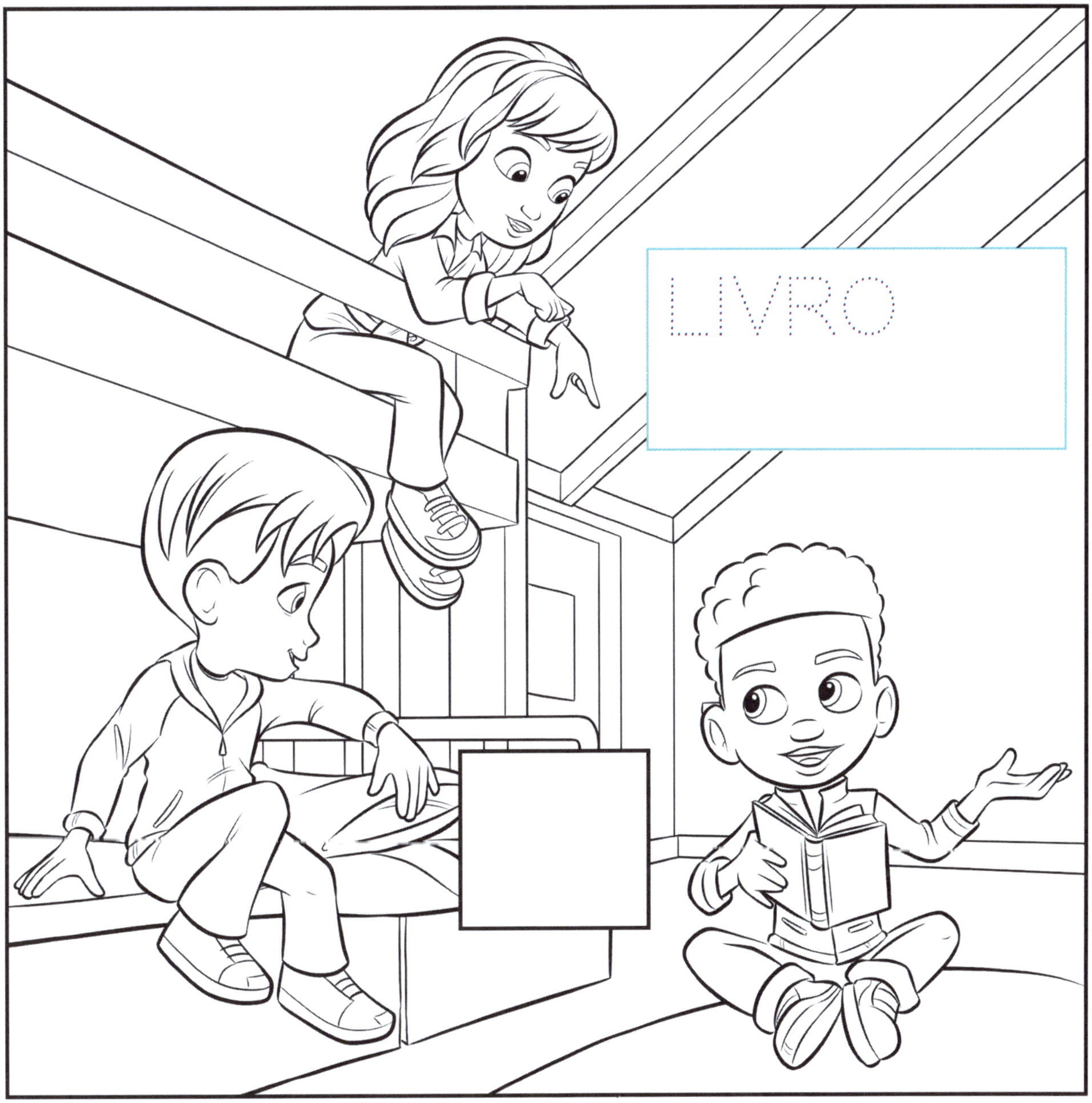

RESPOSTA: C

FRUTAS

PRATIQUE A ESCRITA DAS PALAVRAS ABAIXO.

BANANA DAMASCO

ABACAXI LARANJA

UVA ABACATE

MORANGO MAMÃO

MELANCIA PÊSSEGO

CAJU AMORA

VAMOS COLORIR?

PINTE A FRUTA QUE APARECE NA CENA E ESCREVA O NOME DELA.

PARTES DO CORPO

PRATIQUE A ESCRITA DAS PALAVRAS ABAIXO.

BOCA BARRIGA

NARIZ MÃO

OLHO JOELHO

ORELHA PERNA

UMBIGO BRAÇO

PEITO PÉ

VAMOS COLORIR?

PETER ESTÁ COLOCANDO A MÁSCARA EM QUAL PARTE DO CORPO? PINTE A CENA E ESCREVA O NOME DESSA PARTE DO CORPO.

CORES

PRATIQUE A ESCRITA DAS PALAVRAS ABAIXO.

VERMELHO PRETO

AMARELO BRANCO

VERDE MARROM

AZUL CINZA

ROXO LARANJA

ROSA LILÁS

VAMOS COLORIR?

AJUDE CADA ARANHA A ENCONTRAR O CAMINHO ATÉ UMA DAS CORES. DEPOIS ESCREVA O NOME DAS CORES.

AZUL

LILÁS

VERMELHO

RESPOSTA:

MEIO DE TRANSPORTE

PRATIQUE A ESCRITA DAS PALAVRAS ABAIXO.

MOTOCICLETA METRÔ

BICICLETA CAMINHÃO

ÔNIBUS NAVIO

AVIÃO PATINETE

BARCO CARROÇA

TREM HELICÓPTERO

VAMOS COLORIR?

PINTE O MEIO DE TRANSPORTE QUE APARECE NA CENA E ESCREVA O NOME DELE.

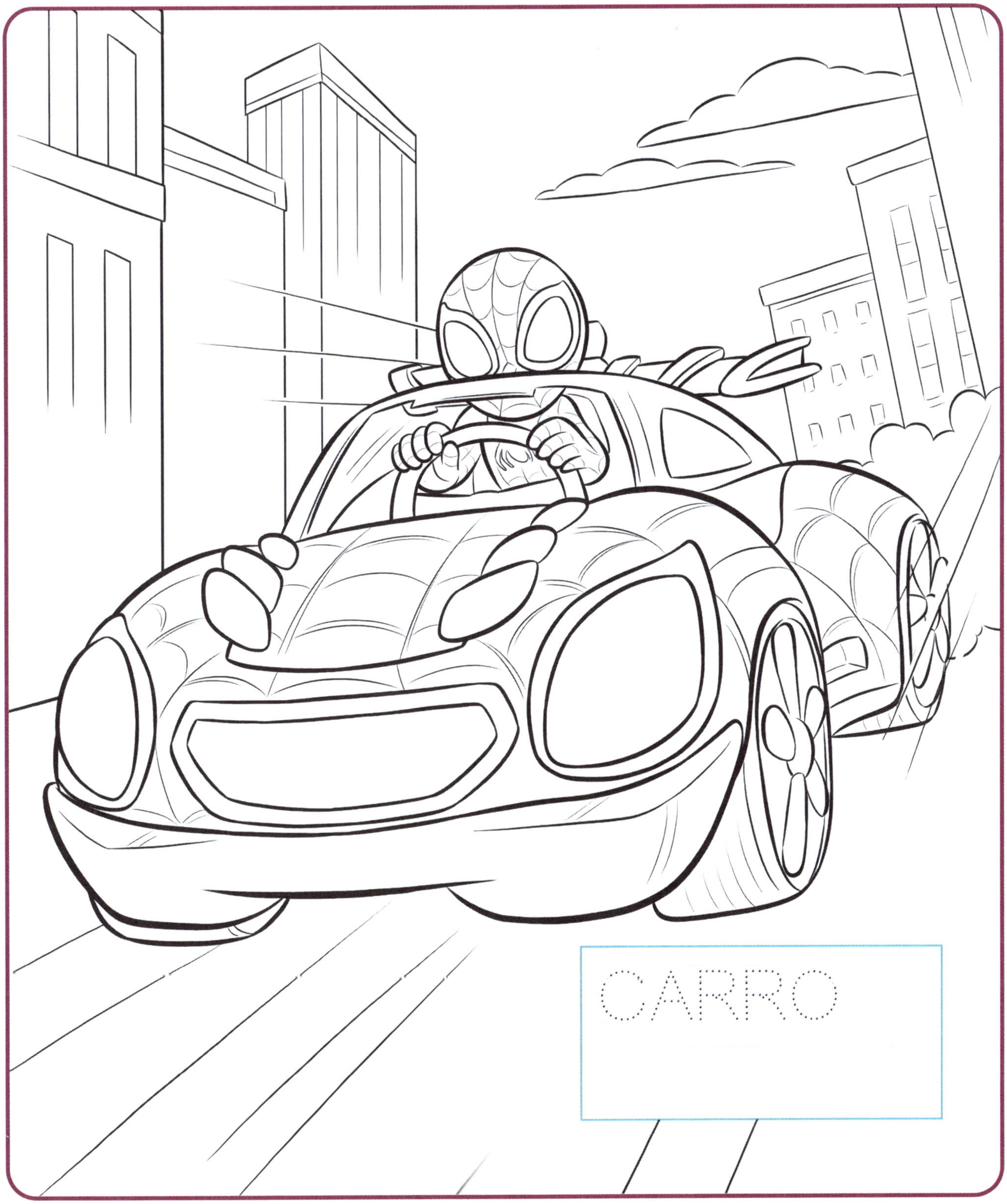

CARRO

ESTAÇÕES DO ANO

**ESCREVA AS QUATRO ESTAÇÕES DO ANO.
DEPOIS, CIRCULE QUAL VOCÊ MAIS GOSTA!**

VERÃO OUTONO

INVERNO PRIMAVERA

Disney Junior

MARVEL

SPIDEY and his AMAZING FRIENDS

SÍLABAS

CALIGRAFIA PARA HERÓIS

ESCREVA AS PALAVRAS

TRACE SOBRE AS PALAVRAS PONTILHADAS.

MÃO MÃO MÃO MÃO MÃO

mão mão mão mão mão mão mão mão

CASA CASA CASA CASA

casa casa casa casa casa casa casa

COMIDA COMIDA COMIDA

comida comida comida comida comida

FAMÍLIA FAMÍLIA FAMÍLIA

família família família família família

SÍLABAS

SÍLABA É UMA LETRA OU CONJUNTO DE LETRAS QUE SE PRONUNCIAM NUMA SÓ EMISSÃO DE VOZ.

AS PALAVRAS PODEM SER CONSTITUÍDAS POR UMA OU MAIS SÍLABAS.

VEJA OS EXEMPLOS:

1 SÍLABA (MONOSSÍLABA) **SOL**

2 SÍLABAS (DISSÍLABA) **BO-LA**

3 SÍLABAS (TRISSÍLABA) **BO-NE-CA**

4 OU MAIS SÍLABAS (POLISSÍLABA) **A-BA-CA-XI**

VAMOS EXPLORAR E ESCREVER AS PRINCIPAIS SÍLABAS.

ESCREVA AS SÍLABAS

TRACE SOBRE AS LETRAS E SÍLABAS PONTILHADAS.

A A A A A A A A A A A A A

a a a a a a a a a a a a a

BA BE BI BO BU BÃO

ba be bi bo bu bão

CA CE CI CO CU CÃO

ca ce ci co cu cão

DA DE DI DO DU DÃO

da de di do du dão

ATIVIDADE

PINTE COM A MESMA COR AS ARANHAS COM SÍLABAS IGUAIS. DEPOIS, PINTE O RESTANTE DO DESENHO.

ESCREVA AS SÍLABAS

TRACE SOBRE AS LETRAS E SÍLABAS PONTILHADAS.

E E E E E E E E E E E E E

e e e e e e e e e e e e e

FA FE FI FO FU FÃO

fa fe fi fo fu fão

GA GE GI GO GU GÃO

ga ge gi go gu gão

HA HE HI HO HU HÃO

ha he hi ho hu hão

ATIVIDADE

PINTE COM A MESMA COR AS ARANHAS COM SÍLABAS IGUAIS. DEPOIS, PINTE O RESTANTE DO DESENHO.

ESCREVA AS SÍLABAS

TRACE SOBRE AS LETRAS E SÍLABAS PONTILHADAS.

JA JE JI JO JU JÃO

ja je ji jo ju jão

KA KE KI KO KU KÃO

ka ke ki ko ku kão

LA LE LI LO LU LÃO

la le li lo lu lão

ATIVIDADE

PINTE COM A MESMA COR AS ARANHAS COM SÍLABAS IGUAIS.
DEPOIS, PINTE O RESTANTE DO DESENHO.

SCREVA AS SÍLABAS

CE SOBRE AS LETRAS E SÍLABAS PONTILHADAS.

O O O O O O O O O O O O O

o o o o o o o o o o o o o

NA NE NI NO NU NÃO

na ne ni no nu não

MA ME MI MO MU MÃO

ma me mi mo mu mão

PA PE PI PO PU PÃO

pa pe pi po pu pão

ATIVIDADE

PINTE COM A MESMA COR AS ARANHAS COM SÍLABAS IGUAIS. DEPOIS, PINTE O RESTANTE DO DESENHO.

ESCREVA AS SÍLABAS

TRACE SOBRE AS LETRAS E SÍLABAS PONTILHADAS.

QUA QUE QUI QUO

qua que qui quo

RA RE RI RO RU RÃO

ra re ri ro ru rão

SA SE SI SO SU SÃO

sa se si so su são

TA TE TI TO TU TÃO

ta te ti to tu tão

ATIVIDADE

PINTE COM A MESMA COR AS ARANHAS COM SÍLABAS IGUAIS. DEPOIS, PINTE O RESTANTE DO DESENHO.

ESCREVA AS SÍLABAS

TRACE SOBRE AS LETRAS E SÍLABAS PONTILHADAS.

U U U U U U U U U U U

u u u u u u u u u u

VA VE VI VO VU VÃO

va ve vi vo vu vão

WA WE WI WO WU WÃO

wa we wi wo wu wão

XA XE XI XO XU XÃO

xa xe xi xo xu xão

ATIVIDADE

PINTE COM A MESMA COR AS ARANHAS COM SÍLABAS IGUAIS. DEPOIS, PINTE O RESTANTE DO DESENHO.

ESCREVA AS SÍLABAS

TRACE SOBRE AS LETRAS E SÍLABAS PONTILHADAS.

Y Y Y Y Y Y Y Y Y Y Y

y y y y y y y y y y

ZA ZE ZI ZO ZU ZÃO

za ze zi zo zu zão